JN310708

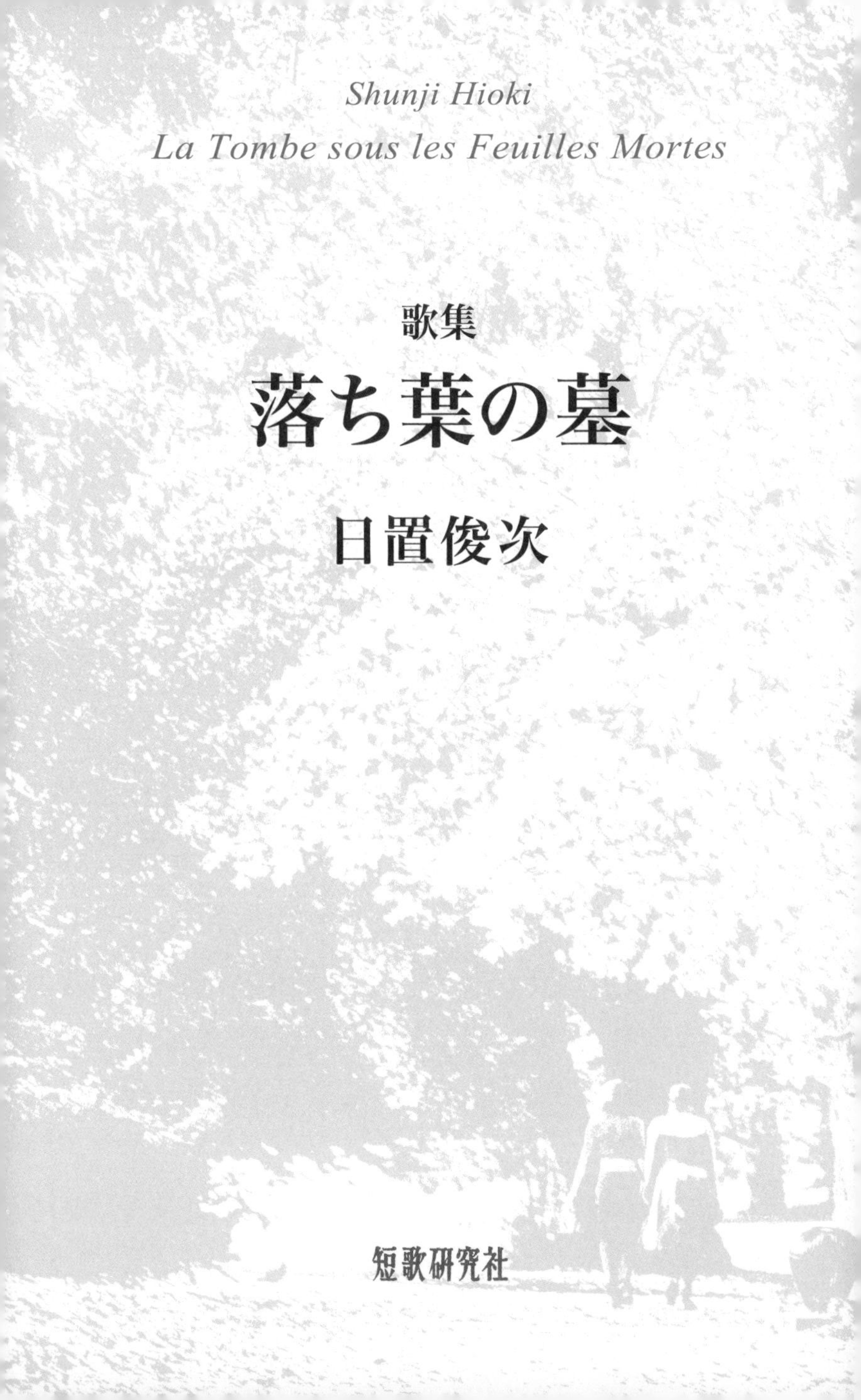

Shunji Hioki

La Tombe sous les Feuilles Mortes

歌集

落ち葉の墓

日置俊次

短歌研究社

目次

落ち葉の墓

I

Ⅳ

落ち葉の墓

I

八重の桜も散りそむる春の末より牡丹いまだ開かざる夏の初《はじめ》こそ、老軀杖《らうく》をたよりに墓をさぐりに出づべき時節なれ。……日の光にかがやく木の芽のうつくしさ雨に打《うた》れし墓石の古びたるに似もやらねば、亡き人を憶ふ心落葉の頃にもまさりてまた一段の深きを加ふべし。

永井荷風「礫川徜徉記《れきせんしやうやうき》」

しまうま

仏壇のらふそくはらふあふれさすらふたけて透けるらふの肌へに

らふそくの火はしまうまの耳であると思ひたり黒きすすぬぐひつつ

しまうまは「斑馬《まだらうま》」と書くまだらとふはだかたれにも知られず燃えよ

しまうまはワンワンと鳴くその熱さダルメシアンの声に和するか

しまうまのたてがみ固し白黒のチェス盤を切りて貼りたるごとく

ゼブラとふボールペンあり透きとほる芯のインクに触れられぬまま

しまうまのにほひを知らず白黒のまだらの犬とわれは寝てをり

「近松忌《ちかまつき》」が「いちかばちか」と聞こえたり陰暦霜月のふかき闇より

われは犬と心中せむか白と黒の道はふたてに分かれず散るか

千両と万両ありて万両の実をえらぶさらにほの暗きゆゑ

仏壇にほほゑむ父とあんぱんを割りてかぐろき餡見つめをり

連子鯛

「むらじこ」か「れんじ」か「つれご」かわからねど鯛を買ひきて春を待つなり

連子鯛塩焼きにして食べてゐる表を母に裏側をわれが

鰭には黄いろ混じりてをれど口あける鯛なりめでたきくれなゐ湛へ

小さきときは雌なり大きくなるにつれ雄へと変はるれんこを見つむ

尾を焦がしてしまへどれんこは鯛の味するなりしづかに母が笑みをり

イベリア半島のどんぐり豚

朝鳥《あさとり》の哭《ね》のみ泣くなり遥かなる水仙の崖訪《と》ふすべもなく

背が曲がり痩せ始めたる母とゐてすこし海月《くらげ》の話してゐる

アナログを母はアナグロといひつづけわれはモノクロをモノグロといふ

「空港《くうかう》」を「航空《かうくう》」といひまちがへる子供のころよりなほらずわれは

あちこちに「イベリコ豚」の看板が増えつづけをりあはれイベリコ

「イベリコとはなにか」と母に聞かれたり「ベンジョダとはトイレならむか」

イベリア半島の黒き豚なりとりわけて最上等なるどんぐり育ち

「ベジョータ」とはどんぐりをいふどんぐりを食べて脂にまみれゆく豚

イベリアは半島されどスペインが半島であるとはつひに思へず

夜明けまたまるで書けない答案を丸めて席をたちて　海まで……

断崖より見下ろす斑馬《しまうま》のごとき波　その上《へ》にカモメは座禅組むなり

泡だちて縞なす波の空白を裂きたし飛び魚はまばたきもせず

血の臭ふイベリコ湾にわれは立ちあはれと叫ぶ豚なるわれが

情けないと思へどわれはどんぐりも食べずに皺寄る海を見てゐる

母よわれはまた母をおき東京へ戻りてしまふ豚のかほして

みぞれ降るタクシー乗り場列伸びてはじめよりわれはバス待つ列に

バスは豚に似てゐるされば豚の貌《かほ》ささげてわれはバスに乗るなり

空を見てつひに春だと思ひたり床屋に行く日定めおかむよ

身柱元《ちりけもと》からぞつとする春風に冷え冷えと縦の縞のあらむか

ダルメシアンの耳は垂れをり繭闌《らふた》けてなめらかな蠟のごとき肌へに

みづをかぐ影

バレリーナの四肢のさやぎが目に浮かぶかくまで細き万作の花

飴いろの日だまりを舐めするするとまだらの犬の鼻すべりゆく

見たこともなき尾の伸びる蜂が舞ふ春の池われは敬ひ足りぬ

それは蜂にちがひなけれど尾を垂れて笑つてをりぬわれを見すゑて

抃舞《べんぶ》して抃舞してまた歩みだすわれと犬をりみづの近くに

黒き影肌にちらばるわが犬よ空に散らばる雲も影なり

この雲は「もぐ」あれは「もぐ・もぐ」と呼ぶやをら「もぐもぐ・もぐ」が飛びくる

みつよりもみづのみにゆく蝶の影蝶よりしげく地に悶えをり

水ぎはにうすくねぢれてまたひらき濃くなる影へ揚羽降りゆく

地にゆがむ影をつかみてひとりなる揚羽のはねのふるへやまざり

しづやかにゑごの花散るつぎつぎとみなもに蘂の放埒《はうらつ》見せて

「壮大」といふ花言葉うべなへずみのものゑごのはなびら見つむ

影といふ影をふみつつ歩みたりわが犬は四肢と鼻を地につけ

灰色の服の小男ベンチにてにやにや嗤《わら》ふ犬を怖れて

さげすまれ追ひはらはれてシュレミールはそれでも影と魂をかへず

まだらなる犬はわれなり二人とも影を曳きつつみづをかぐなり

かきつばたゆふぐれに青は透きとほりすきとほるほどみつしり青い

床屋

散りしのち思《も》ひつつさくらばなのうづ仰ぎぬ疾風《はやち》にわれもうねりて

底びかるスケートリンク滑るさまにスマートフォンを踊る指たち

どのひとも掌《て》のちさき板見つめをり板のむかうの海や砂漠を

スマートフォンわれは持たねどもしそれがかまぼこ板なら指はにほふか

通勤鞄と千円札を握りしめ改札入りて明るき床屋へ

春の床屋春の立ち食ひそば屋ある駅ナカ通路のひかりを歩む

千円札食べさすやうに食券を買ふやうに券を機械に求む

鏡の裏に鞄を収めその鏡見つめつつ髪を切られゆくなり

髪散りて生臭き話を思ひ出す細部は忘れそのにほひのみ

読まなかつたやうに振舞ふあのメール怯ゆるわれの疼きとまらず

池袋の西武と東武にはさまるるホームへカレーの香は東より

ＴＯＢＵといふ文字仰ぎをりＰＡＲＣＯまた壁面に青き赤きこの文字

大河なる中州のごときホームにてＭＥＴＲＯＰＯＬＩＴＡＮと壁の字を読む

この白き壁面は墓を思はせて「飛ぶ」「飛ぶ」とくりかへし叫ぶよ

東に西武西に東武のある谷を南北に走る箱に乗るなり

塾の窓

希臘《ギリシャ》語で「真珠」なりわが鉢のなか白くたわわにマーガレットが

日赤病院前の生垣みづ色のおしやぶりけさもかけおかれたり

ポプラ並木ゆつくり歩み非常勤の女子大の重き木の門へ入る

年老いた守衛に教員ですと告ぐけふもしづかに頬赤らめて

板書する刹那に忘れ「沼」の字に迷ひをりやをら「空」と書きたり

まだ咲かぬあぢさゐよ葉のさみどりに頰ほてらせてすべるでで虫

晴れの日は鉄道自殺増すホームその端でひとり梅雨に濡れをり

やはらかきシフォンスカート花柄が白く透けゆく初夏の車内に

ジグソーパズルのピースみなひとのかたちして嵌めをへるときひとは消えゆく

好物のかき揚げそばが湯気立ててここにをらざるわれを待ちをり

何時も通る塾の窓あり人熅《いき》れでときに曇りて影のみ動く

夜更け塾にみなうち伏して背筋のばす女生徒ひとり黒板見つむ

「なつかしいフルーツ牛乳」のボタンおす「ありがたう」と自販機が夜にいふ

一本の樹木のやうなこの道の根のはうへ暗き家路たどりぬ

黒と白

黒南風《くろはえ》と白南風《しらはえ》のちがひ知らぬまま梅雨の入り梅雨の明けを思ひぬ

「気象」にはなぜ「ザウ」の字がゐるのかと子に聞かれ鼻で長く息する

「気のザウ」よ大きけれども軽さうで牙には南風《はえ》のごとき熱あり

マルミミザウのナナがたふれてあがくなり点滴が要る百リットルの

シロサイのノシオに鼻を伸ばしては遊びてをりしナナもうをらず

サバンナザウのマリもたふれて半身の組織壊死せりそして死にたり

アミメキリンのハルは転びて夭折せり網目もやうの首をくだきて

北極熊のホクトが真つ赤な西瓜食む写真愛でらる老死ののちに

愛すべきマリハルホクトナナノシオわが知らぬ名のさらにつづかむ

真南風《まはえ》とは白南風のこと明くることなき喪のうちに梅雨は明くるか

納涼

一口に云ふと、薄ぼんやりした顔が好きです。　　黒田清輝「女の顔」

清輝《きよてる》の墓に参りぬまぢかなる骨董通りの長谷寺《ちやうこくじ》なり

大楠《おほくす》の一木《いちぼく》に生《あ》れし観音が地蔵の錫杖《しやくぢやう》ふるはして立つ

釜ふたつ伏せたるごとし父清綱《きよつな》の墓にならびて眠る清輝

九ちゃんの墓前でうへをむういてと歌ひだしたりたれもとがめず

天眞院九心玄聲居士といふ文字にあの温《ぬく》き歌声ひびく

日航のオーディオ機内サービスに登録あらず九ちゃんの歌は

茄子漬を噛み切れず呑む紫の深きいろまだ咽喉にゐるなり

葛餅の奥なるほのぐらき闇を黄な粉ですつかり埋めてしまひぬ

桂の木に蟬鳴きて蟬の見えぬこと涼しき朝の奇跡と思ふ

久隅守景《くすみもりかげ》「納涼図」をそつと思ひ出す瓢簞のみなふくよかなるを

守景の夕顔棚の女男《めを》らみな井戸の水音に目を注ぎをり

亡き父の箱庭いまもわが部屋の仏壇まへに生きてゐるなり

箱庭の苔へ人へと水撒きて陶器の赤き橋も濡れたり

われはいま箱にはにゐて涼みをりみづからぬらしてしまひし椅子に

裏木戸よりたれの陰口まなこ閉ぢ淡雪羹をくちにふふめり

「野辺」の手のうすぼんやりとした花を慕ひやまざりその肱《かひな》ごと

清輝の「湖畔」の妻よ涼しければ涼しきほどに風は寂しき

せつせつと

せつせつと眼まで濡らして髪洗ふ　　野澤節子『鳳蝶《ほうてふ》』

いまもまだ膿たれながす腫れものが海辺に並ぶ日焼けもせずに

血まみれのわれのかさぶた一号機二号機いまだ毫も乾かず

釜はみな腐りたる眼よ流るるは忌はしけれど涙なりけり

眼を剝《む》いて怒る入道雲立ちて入道雲よりをらぬ街あり

飢ゑ死にをまぬがれし牛その皮を剝《は》がねば除染つひにならずや

洗ふとは清めるとはさらに生きるとは　佳日弁天様へ参らむ

スーパーに踏絵のごとく桃ならぶひつそりと美《は》しき地名を胸に

ひとつひとつの桃にたつぷり物語あるなり頬に涙見えねど

ため息と遠ざかる客を眼に追ひぬ赤面しをり白桃われは

かなかなよひらかなで鳴け幼き日の涙とまらぬわれをうづめて

井の頭は雨の弁天せつせつと眼洗ふごとく硬貨を洗ふ

三倍になるといふなり五円玉五十円玉洗ひきよめむ

鳳蝶《あげは》飛ぶ光にわれの眼は濡れてああ探し物まだみつからず

II

父は既に世を去つて、母とわたくしと二人ぎり広い家にゐた頃である。母は霜柱の昼過までも解けない寂しい冬の庭に、折々山鳩がたつた一羽どこからともなく飛んで来るのを見ると、あの鳩が来たからまた雪が降るでせうと言はれた。

永井荷風「雪の日」

私は母の為《た》めならば、如何《どん》な寒い日にも、竹屋の渡しを渡つて、江戸名物の桜餅を買つて来ませう。

永井荷風「監獄署の裏」

太陽

商店街に窓口だけといつてよい小さき揚げ物屋がひとつあり

進学もよしてコロッケあげてゐる青年よ桜いろの頬して

黙々とコロッケ揚げる青年はおやぢとなりてメンチ揚げをり

コロッケ屋のおやぢは客がをらぬとき笑ひぬ棚のテレビ見あげて

いつこんなに歳とつたのかおやぢが見るテレビはけふの渋谷を映す

埃まみれのブラウン管のテレビなりなぜ映るのかここはどこなのか

時刻表にありえぬバスが来て止まりみな乗りこみぬわれを残して

ファンデーションは手の甲に載せて選ぶなと電車のテレビが教へくれたり

手の甲は日焼けしやすく肌のいろ濃きことも知らず通勤しをり

テレビ見つつわれはいつしかコロッケを揚げてをるなり焦げたる箸で

メンチカツ揚げながら自分は揚げ物屋だつたと思ふ腑におちぬまま

目のまへに油の河がひろがりぬ泡立ちてをり悶えるやうに

いつか見知らぬ川岸にひとりたちてをり水底より青きメールが届く

「太陽はいかがですか」は「体調」の打ち間違ひか　しかし欲しいよ

対岸の草を揉む風吹きよせて怯えたり昼のこほろぎたちと

幼さの残る頬してわれはいまコロッケを割り湯気につつまる

雁来紅《かまつか》

夏の陽と大久保利通が碁を打つてゐる霊園にけふも来てをり

秋来ればここのいちやうの金の葉に太りたるぎんなんが降るなり

いちやうの樹の落ち葉はいまだいちえふも墓にはあらず鳥居にもまた

鴨脚《ヤージャオ》の樹なると知りぬこの秋はこがねに熟す水掻き舞はむ

乃木将軍の墓所の扉を閉めてのち坂をのぼりぬ紅葉の墓へ

永遠に今月今夜のこの月を追ひ詰めていくごとき歩みよ

不老不死とふ花言葉揺れてをり色づき初めし雁来紅《かまつか》の先

何ならむすでに濃くなる夕闇の晩夏に消えてしまふ家路は

泣きに出でたり

夏休みをはりたる昼のグランドはしんとして白き陽のおびただし

ひとまはり小さき一羽したがへる鴉の母がグランドに降る

たれもゐぬ真昼の土をねめつけて頷きながら立つ母鴉

グランドの真ん中に清々として母鴉あそびまはる子見つむ

もう飛べる子鴉と母がむつびあふ彼方にくさびらのごとき雲わく

「七つの子」は七歳ならむ七羽ゐると半世紀われは信じきたれど

七歳は中年鴉と呼ばるるや中年なればさらに母恋ふ

かあさんと幾度も呼びて羽ひろげ子鴉は母にまとはりやまず

グランドのはづれの欅の樹にわれが泣くを知りをり鴉の母は

立ちつくしググランドの空を仰ぎたる鴉に八月の雲なだれよす

われは知る母の苦痛を胆嚢も子宮も大腸も切りとられたり

癌つひに再発といふ母の胃をとり去るといふ泣きに出でたり

眼鏡

ひねりたる蛇口に澄みてあふれくる海の蛹の群れを手に受く

羽化したる水の翼のあをあをと広がるや海と呼ばるるために

値の安きこげ茶の眼鏡作りをへ店員に「ＪＩＮＳ《ジンズ》」の読み方をきく

「夜にバス乗るの初めて」とつぶやきて女《め》わらはは足を揺らしやまざり

濡れ手に粟をつけたるごとし金木犀の花のつぶつぶ枝を呑みこむ

新宿の路上で売らるる兎たちフランス人が抱いてみてゐる

兎見るその眼は魚を値踏みするわが目と同じ光放ちぬ

「親のはうが安いなんて」と驚きてフランスの友は兎煮はじむ

海といふ字にまぎれなく座す母のまなこときどき眼鏡をかける

ダルメシアンに頰よせながら遠すぎる海を思ひぬ眼鏡はづして

容疑者のテロリストがニュースに映りたり微笑みぬわれの眼鏡をかけて

雪のひかりと
羊水に息せぬままの顔をして眠るや夜ごと息忘れつつ
バゲットのなぎなたのごとき影とゆく夕日の街に背をつらぬかれ

わが声で亡き父がいふ栗きんとん食べたしされどあんぱんでよし

栗きんとん故郷の値のはる菓子なるを父は一口に頰張りしこと

鍼打たれ鍼の光にしびれつつ眠りてしまふまんばうのごとく

ゆつくりと這ひよる雪のかひなあり冷たくさしこむちりけもとへと

駆けまはる雲の黒猪《くろつちよ》つながりて散りて降りつむ雪のひかりと

図書館に編みものやめぬ娘をり眠りゆくがにほそく眼を伏せ

病院の隣のスーパーにて

スーパーの軽食コーナーハンバーガーの群に混じりてきしめん啜る

東京の店でもバーガーのくどき名が次々交代しつづけてをり

グランドキャニオンバーガーの由来誰も知らずブロードウェイはさらに謎なり

ドラゴンズの帽子を脱がず口ゆがめ老爺はふくるるレジ袋と座す

透きとほる袋を揉んで買ひしもの老爺はひとつひとつ詰めをり

いなり寿司とポテトサラダが一人分いましがたわれも買ひしものなり

あまりにも趣味が似てをりテーブルの向かうで独りごちる老爺と

惜しさうに甘栗の袋のぞきこむ老爺のわれときしめん啜る

またわれは食品売り場へ駆けてゆく「甘栗むいちゃいました」を買ひに

もう幾杯ここできしめんすすりしか母見舞ふたのしみのごとくに

われいつか白髪となり見わたせば無数の白髪がきしめんすする

カップ焼きそば

「モナリザ」は自画像といふわが歌の自画像にほほゑみのなきこと

わが文字はをみなの手なりわが歌もをみなのにほひすると師がいふ

ダヴィンチの母は木こりの娘なりカテリーナきつとほほゑみをりし

邪道とは思へど水の冷たさに米研ぎてをり泡だて器にて

恐ろしと話題のペヤング「極辛」の焼きそばを買ふ怖くて食べず

最初はどうといふこともなしそのうちに……とネットにありて買ひしペヤング

たぶん五千円くらゐのランボルギーニのミニカーの黄いろが包まれてゆく聖夜

駅頭に第九ながれて「皆様！」と叫ぶ年末ジャンボ買へと叫びぬ

渋谷

Ｐｒｉｔｔの赤きスティックの細腰に「バイオマス」とある糊が手に付く

「バイオマス」を知らねどリップスティックとスティック糊を間違へしことあり

修正液とボンド間違へその白き液にしたたか祟られしこと

瞬間接着剤のチューブはいつもふくれてをれど口先が固まりて出ず

この小さきチューブに「多用途」と書かれをり「強力」とありふるへとまらず

憑《と》りつきて離れぬ接着剤の海ぎくしやくとひとり生きざらめやも

ごつた返して流るる渋谷なにものも繋ぎ止められぬ交差点あり

赤き灯

卒論の誤りを指摘してをれば僕より背が低いくせにといひだす

背の高い人を呼ばうかと問ひたればそれは困ると憤るなり

僕はバスケ部だぞといふので先生は美味しいたこ焼きつくれるぞといふ

食べてみたいといふので先に卒論を終はらせようねといへば微笑む

まるきものさばくわざあり論点をドリブルしつつパスをつながむ

右奥の隅に腕組みもたれゆくエレヴェーターのわれの温みよ

この箱をわがエレヴェーターと呼ぶほどににほひもおとも身に沁みてをり

ビルといふ闇にはたらきエレヴェーターに乗ればば一面濡れてゐるなり

雨はもうやみてをりけり凍て風へとびこみてキャンパスをあとにす

赤き光の枠を灯して終バスはわれを救ひぬ木枯らしの夜に

Ⅲ

昭和十二年六月廿二日。……掛茶屋の老婆に浄閑寺《じやうかんじ》の所在を問ひ、鉄道線路下の道路に出るに、大谷石《おほやいし》の塀を囲《めぐ》らしたる寺即《すなはち》是なり。本堂砌《みぎり》の左方に角海老《かどえび》若紫之墓あり。碑背の文に曰《い》ふ。

若紫塚記

女子姓は勝田。名はのぶ子。浪華《なには》の人。若紫は遊君《いうくん》の号なり。明治三十一年始めて新吉原角海老楼に身を沈む。楼内一の遊妓《いうぎ》にて其心も人も優にやさしく全盛双《なら》びなかりしが、不幸にして今《こ》とし八月廿四日思はぬ狂客の刃に罹《かか》り、廿二歳を一期として非業の死を遂げたるは、哀れにも亦悼《いた》ましし。そが亡骸を此地に埋《うづ》む。法名紫雲清蓮信女といふ。茲《ここ》に有志をしてせめては幽魂を慰めばやと石に刻み若紫塚と名《なづ》け永く後世を弔《とむら》ふこと丶為しぬ。噫《ああ》。

永井荷風『断腸亭日乗』

焼きそば

調味料もルーもつかはぬうす味のシチュー煮てをり食べざる母に

こんびにの紅鮭むすびと母がいふコンビニをまはれど紅鮭あらず

対馬根付き鰺の干物がスーパーに三パックありすべて買ひ占む

黄のつぼみほころびはじめし菜の花あり花咲くほどに半値となりぬ

ヘルパーさんに鰺の干物を焼いてもらふ繰り返し母はつぶやきてをり

ヘルパーさんが来るからと起きて動かざるからだで母は掃除機まはす

骨と皮だけになりたる母とゐて母の食べざる焼きそばを焼く

焼きそばの起承転結やきそばの死とはわれなり焼きそばを食む

ばら

いきつけの梅干し店に喧騒をのがれて「極選」の木箱見てゐる

裏切られうちのめされて花のやうな豚肉のばら百匁《ひやくもんめ》買ふ

ねぎの根を切りおとすやうに切りすてし歌ありいつか身に根を這はす

岩のへに咲かむともだえる野ばらかもしれずわが身を削るうたごゑ

五百羅漢の大岩をひとりめぐりしよせつなかりけり幼き日々は

ひとつひとつ顔は違へど渇ききり忘れられたる影のほとけら

なかんづく裸足にかたきあの岩はさかさなりあはれ幾世埋もれて

ばら咲いてばらの実みのるばら痩せてはなも痩せゆくさびしきよ　ばら

散乱反射

プルキニエ博士とふたりたそかれの青き宮益坂をくだりぬ

細胞にも月のクレーターにも名を残すヤン・プルキニエの影が伸びゆく

ヤンはジョンすなはちヨハネのことならむと聞けば博士は青く笑ひぬ

ヨハネの首のとろりと置かれたる盆に青き光と闇が刺しあふ

レイリー卿に尋ねてみむかまだ空を去らずや渋谷の散乱の春は

地震の表面波も見出せしレイリーの不安定性ジョンといふ名は

ビルの間のかすかな光のミー散乱グスタフに告げて坂をくだらむ

ティンダルもジョンとふ名なり首のなきわれと光りて斜めにくだれ

プルキニエ博士と青きヒカリエの陰にて別れ地下へおりゆく

副都心線車席にひらく賢治よりそらの散乱反射はじまる

新しく青くゑぐるかヒカリエの積み木のごときビルの翳りは

ヒカリエの微塵系列から抜けて地下鉄は青き澱みを走る

散乱のひかり呑みたるプルキニエの月のくぼみを地下に思ひをり

三つのタッパ

お弁当の鶉の煮卵からすぎると高二の娘がふてくされをり

おかずタッパはご飯タッパの二倍なりデザートの小さきタッパもつける

マヨネーズのサラダは嫌ひぢやないけれど太つちやふからいやとうつむく

明日の弁当何色にせむか野菜からスーパーの夜の棚をあゆみぬ

ご飯すこし多すぎよといふ残せばいいと答へれば残せないのよと睨む

キウイバナナりんご食後のフルーツは何を入れても苦情はあらず

味噌ピーを添へればナッツはやめてといふすぐにニキビが出るからといふ

ゆふべのカレー熱くしてポットに移し今朝はご飯を詰めるのみなり

アルマイトの蓋をがさつと閉めてゐたかつての弁当箱をかなしむ

汁もれてわが教科書はしやうゆ臭かりけりタッパをしつかり閉める

箸忘れし娘が元気に帰りくる教室に割りばし置いてあるといふ

腐ることまるで気にせず詰めてゐるつくづく冬の弁当ぞよき

三つのタッパけふもひとつにまとまりてマトリョーシカのごとく帰宅す

スズメ

ポケットのレシートに「スズメ」とありぬああ、あの路地で買ひし葉書よ

黄の火薬弾けしごとき蕊ならぶ春黄金花《さんしゆゆ》の枝と煙らむわれも

秋珊瑚のつやなす赤さ産まむとしほそき枝《え》はあはれ黄に染まりをり

土のうへわれのこぼしし胡麻あへのこごみにさくらの花がかぶさる

木道《もくだう》に異形のものら闊歩してこの池を春のさざ波おほふ

「ワラヒイヌ」なる白犬とすれちがふ口こそ笑へ眼に険《けん》ありぬ

「スキトホリネコ」なる猫が眠りをり熟れすぎて溶けし桃のやうなり

砂をかむやうに味気なき散歩なり犬を連れずにゆく池のべは

世界最大の砂漠は南極であるといふ凍る砂漠にかめぬ砂あり

雀ひとり砂浴びをしてわが前を飛び去りもせず砂浴びむわれも

梅雨に入る

名古屋駅ホームの立ち食ひきしめんに通へばいつかつゆに入りたり

片言の日本語話すアジア人の娘がゆでるきしめんあはれ

浅黒き肌の娘が二人ゐてわからぬ言葉でによろによろ話す

アジア人の娘らを指導してゐたるをばさんだけがけふは立ちをり

「外国人はすぐやめちまふ」とをばさんがどんぶりざぶざぶ洗ひをるなり

灰のごとく散りてゆくわれの手の影が石に彫られしわが姓を撫づ

なにもかもなにもかもだと歯ぎしりし傘もささずにペダル漕ぎをり

洗面器二つ買ひきて骨と皮ばかりの母の足を湯に浸《つ》く

温泉のもとをふたさじ加へたりええ匂ひだと母はいふなり

こはばりしははの足指ゆのなかにそつとひらきぬほころびはじむ

細められる

水道は細められると発見しさめざめと児はあたりみまはす

如雨露の先の方からも水は入るなり児が泣きさうになりて濡れをり

浜にゆき嬉々と駆けたるわが犬の肉球よいま水ぶくれなり

ひよこひよこと犬を歩かせゆつくりと池を廻れば雲も動きぬ

警察署のまへを緊張してとほるそことほらねば駅には行けず

私服刑事は署に入りゆきぬオロナミンC二十本袋に透けて見えたり

バスのがし駅まで走る富士街道次なるバスに抜かれて負ける

朝の駅へ駆けつつすばらしき歌浮かぶ列車に飛び乗りすべて忘れぬ

死者の声

「エノラ・ゲイ」ティベッツ機長は母の名を機体に記し舞ひあがりたり

テニアン島より七時間経てティベッツ大佐は広島を飛ぶ母の翼で

広島へ同伴したるスウィーニー少佐がボックスカーに乗り換ふ

小倉では霞にはばまれしボックスカーなぜひらきたるや長崎の雲は

雲の穴は信者のあゆむ浦上のまうへなりけり手動投下す

「七人の小人」のごとく名づけられリトルボーイとファットマン舞ふ

八時十五分と十一時二分なり鋭《と》き針のああ熱さつめたさ

死者の声われは聞きたくなけれども心ふるへるわれも死者なれば

原爆忌に満つる影たち怨嗟でも復讐でもなきひかりはなちて

スウィーニーの墓のうはさは聞かざれど八十四歳で没せしといふ

荒らさるる墓はつくらぬとティベッツは九十二歳の遺言にいふ

Ⅳ

雨の夜のさびしさに書を読みて、書中の人を思ひ、風静かなる日その墳墓をたづねて更にその為人《ひととなり》を憶《おも》ふ。此《この》心何事にも喩《たと》へがたし。

永井荷風「礫川徜徉記」

晴れわたつた今日の天気に、わたくしはかの人々の墓を掃《はら》ひに行かう。落葉はわたくしの庭と同じやうに、かの人々の墓をも埋めつくしてゐるのであらう。

永井荷風『濹東綺譚』

みのも

ひとをらぬ九月の池を囲みたる木道が雨にやはらぎつづく

秋雨のつきささる池に鴨たちは解きはなたれしごとく泳ぐよ

雨脚のはげしきみのもほの白くささくれてうねる芝生のごとし

針さしのごときみのもに首まるくして鴨たちはみをを曳きをり

りやうぶの葉にどうがねぶいぶい吸ひつきてむさぼりてをり葉脈のこし

指先で母が「令法」と書きしこと戦中りやうぶ飯を食べたと

手にちぎりりやうぶの若葉嚙みてみる青くさきほか味はひあらず

かしはばはぐま

木道とふ額の内なる十月の池にしづまる雲の蓬髪

落ちてゐる臭木《くさぎ》の深き実のいろのうつくしすぎて匂ひかぐなり

十月の伊呂波紅葉の青き葉のさざなみいろこの宮を隠すか

スペードの葉影はあをく白き実は見えず南京櫨の高さよ

もぢやもぢやと柏葉《かしはば》白熊《はぐま》灯りをり帰りてシャツにアイロンかけむ

嵐去りひとつ拾ひしうすみどり落羽松《らくうしょう》の実が指にくつつく

秋の陽へ「へ」の字つらねて銀色にへへへと笑ふけさのみなもは

まだらもつ相棒も白く笑ひたりこの犬と秋の深みへ入らむ

ばしや

バス停に鰯雲降りてこぬを知りやすやすとわれは見上げをるなり

バスを待つことも修行と思ひをり滑稽ならむ若きひとには

けさもまた試されてをりバス停に鞄より『春と修羅』をとりだす

最高の馬車馬とされるハックニー賢治を見ずに走りだしたり

馬車に乗りそこねた小岩井農場のたむぼりりん遠くのそらで鳴つてる

ハックニーの繫養で名をとどろかす小岩井の大正の風吹く

四角くて平らな顔のバスがくるわれを嫌ひだといはねばよいが

朝毎に同じ顔ぶれバス停をとりまきてなにもいはぬ樹となる

雨降ればバスは来たらずきしきしと落ち葉に傘の影はつらなる

乗りそこなひしバスは去りたり玄関で鍵を探ししひとときを悔ゆ

立冬をすぎてしまひぬバスを待つ愁ひいよいよ重くなりたり

「バス待つ」を「馬車待つ」といひてしまひけり落ち葉ふみ馬車の走りくる見ゆ

落ち葉

拾得は焚き寒山は掃く落葉　芥川龍之介

大震災ののちに汁粉屋減りしこと嘆きつづけし龍之介はや

「僕等《ぼくら》下戸《げこ》仲間《なかま》の爲には少《すくな》からぬ損失である」とうそぶく龍よ

「うさぎや」の谷口喜作に好物の最中をねだる龍が愛しき

地蔵通りに塩大福を吟味してさくら落ち葉の染井を歩む

ひとひらの落ち葉にのせて大福をそなへたり四角き龍の墓前に

ふたわんのゆき

ひそかなる仏師の恋のかなしみか弥勒は清き唇たもつ
馬場あき子『地下にともる灯』

ああ弥勒よこたはるままあめゆじゅを求むるおまへ眼をそらしつつ

ふたわんの雪を運びて約束の死を分かちあふ勇気はあらず

Ora Orade Shitori egumo といふ弥勒二十四歳のみぞれの夜なり

半跏思惟のうすき乳房は「いつくしみ」と呼ばるる菩薩トシを恋はしむ

賢治の描くトシの像ありかなしみの唇になほみぞれながれて

兜率天にうづまくひとりこたにわりやのごとばかりなる痛みわすれて

みぞれとはアイスクリーム兜率の天の食なりトシの唇《くち》にこぼれよ

四天に四百年を一日として四千年の死を食むトシは

ここあ日あなあがくていづだがもわがらない弥勒のトシが今もつぶやく

すでに五十六億年は経ちたるやチュンセの夢の蛙のおべべ

樺太《からふと》の栄浜《さかえはま》まで追ひしかどトシは無言をつらぬくばかり

瓔珞《やうらく》とはいひかねたるがトシの像に首飾りあり細く締りて

ひそかなる賢治の恋のかなしみかトシ像の唇《くち》かすかにゆがむ

浄閑寺まで

荒川線つひに終点まで乗りぬ秋薔薇も枯れし三ノ輪橋駅

そつけなき時計塔は墓　消え去りし車両のレリーフ刻まれてあり

三ノ輪橋商店街よシャッターがここにもそこにも下りてしづまる

八百屋ありパン屋も雑貨屋もあれどいつか主人は年老いてをり

駅前の一口茶屋にはひとの列われも遊女のごとく並びぬ

一口茶屋の鯛焼きはツナマヨネーズ、小倉とイチゴクリーム選ぶ

ひとつづつ鯛焼き包むうす紙にツナマヨ、いちごと記されてあり

ぬくもりは鯛焼き三つぬくもりを食みつつあゆむ遊女となりて

「生れては苦界《くがい》死しては浄閑寺」荷風慕ひて鯛焼きとゆく

若紫の墓の辺よすでに桶置かれ水を湛へてわれを待つなり

桶にある柄杓で水をかけてをり「若紫」のかたむく文字に

新吉原総霊塔まへ筆塚の奥に荷風の歯は眠るなり

般若心経となふるほどに遊女への思ひは蜘蛛手に広がりてゆく

総霊塔にそなへられたる口紅をおそれつつ「無有恐怖《むうくふ》」と声あぐ

雑司ケ谷に都電でもどり寒風を御鷹部屋《おたかべや》あとへとあゆみそむ

どこからが御鷹部屋なるかわからねど高き松すでに見えてをりたり

生垣のしづけさは丸に一文字三星紋がならぶゆゑなり

禾原《かげん》先生の文字欠けてをり墓石は関東大震災に倒れて

まつすぐの暗き石なりかうもり傘手放さぬ荷風の立ち姿なり

蠟梅を切りて二日の墓参り欠かさぬ荷風の温もりかなし

いにしへをふところにいつもあたためて暮らす荷風のまるき眼鏡よ

京成八幡駅に降りたつすぐそこに棲まひし荷風の下駄の匂ひす

真間に十年勤めしわが身に沁みてをり葛飾のセピア色のこの風

大黒家でいつものカツ丼とお銚子と　そして荷風はひとり斃れぬ

悲報の春

悲報あり明治ブルガリアヨーグルトの砂糖袋が消えるのだといふ

さらさらと澄んだ甘さのあの砂糖兜率の天の粉雪なりし

粉砕しグラニュー糖を裏ごしし顆粒となすは弥勒の慈悲か

多孔質に空気あふるる結晶を溶かせばかすかに崩るるひびき

「納豆のからしより使ひ道がある。廃止するな」と声あがるなり

カップ印フロストシュガーは白砂糖の二倍の値なり買ふ気おこらず

青と白のパッケージのうへ純白のフロストシュガーがのる景色こそ

消費税増税にあはせ削らるるわれのつましきよろこびいくつ

さくらのごとき

つぎつぎとアイデア家電生まれをりいちいち細かに調べずにはをれず

家電好きなれどもノンオイルフライヤー結局買はずダニたたき買はず

お掃除ロボット買はずドラム型洗濯機欲しけれどあまりに高くて買へず

「三菱」の釜炊き炊飯器買ひたれどとくにいふこともなき日々である

地下鉄の麻布の出口は高架下けふも迷ふか迷ひつつ出る

麻布十番の駅這ひ出しぬ河津桜咲きてをりたり名札を下げて

小さき樹の花にわが手は届くなり張り紙もあり「枝を切るな」と

校正室の窓のブラインド開けてはならず隣にビルの大家住むゆゑ

歌の校正すませてもどる速足は河津桜を目指してをりぬ

知らず知らずスキップしをり「麻布十番河津桜」と繰り返しつつ

「三菱」は生涯父の勤めたる社名なりＰＡＲＣＯに故郷がひびく

「三菱」とまちがへて入る「三愛」に満朶のさくらのごとき水着よ

赤《しやく》　光《くわう》

通勤鞄脚ではさみて揺れやまぬ通路の吊革にすがりてをりぬ

吊革のわれに「ボタンを押してくれ」と老婆が頼むバスの席より

その席には「とまります」の白きボタンありされど老婆はわれを見てゐる

吊革の手すりのボタン見上げをるその眼差しにやつとうべなふ

このボタンひとつが視界に入つてゐるこのボタンだけが希望ならむか

バスふいに揺れてただろぐ吊革の手を離したるそのたまゆらに

われが押すまへに遠くでボタン押すたれかをるなり瞬殺のごとく

わが指の触れざるままに高みより「とまります」の赤光ふりそそぎたり

「次、停車します」と録音のこゑがするそれでもしつこくボタン押すなり

そそくさと老婆は立ちて降りゆきぬ窓べにボタンの赤光残し

かがり火

ホテル街に「ライオン」のあのうす闇がまだありてわれは文庫をひらく

崖のごとき二階席なりいや三階でありたるやいづれひとりゐるなり

ベルリオーズが喫茶に響く龍之介の「首が落ちた話」読んでゐるとき

をんなをめぐりトロイアにいくさありしことよみがへるエクトールとふ響きに

ハリエットを舞台に見初めしエクトールふくらみつづく火山のごとく

ここがどこかわからなくなるいつも飲むココアも溶岩の味がする

四月三十日の夜なりひとだまのごときかがり火われに押し寄す

立て明かしのあかきこのみちくりたたね焼きほろぼさむエクトールわれは

ヴァルプルギスの夜のまほらに流れきて燎火《かがりび》はうねりわが首を欲る

霧に伸ぶるブロッケンの虹ゆくりなきミー散乱のわれの影なり

ゲーテ広場にあゆむわが首サバトへとくりだす魔女らつきしたがへて

にひにひと笑ふ鬼どもどれもこれもダースモールに似てをりにけり

ほくそ笑む鬼どもの怖さ身にしみてゐるなりするどき崖の端《は》に立ち

げに恋はくせものさらさらさらさらさらと母恋ふ夜半を揺るる青柳

ぬばたまの
小学生のあの夏休みに帰りたいと女子学生がまたいひに来る
想ひ出の光は闇につづくだらうさういへぬまま梅雨の窓辺に

未来にも闇はあるらむ半身を呑まれつつ闇に生きざらめやも

「驚くほど当たる無料占ひ」のサイトにやはり「五千円」とあり

驚くほど不安は当たるメトロ出口にあまたの傘がとぢかねてをり

発車標から時刻表示が消えてゐる地下に悶える電車の群よ

東京メトロ「飯能」行きが走りつつ「和光市」表示へ突然変はる

路線変更告げられ池袋で飛び降りて皆で見上げてゐる発車標

戦争もこんな具合に始まるとたれにもいはずあざむかむかわれを

ぬばたまの口あく明るき地下道に溶けかけてまた探る家路は

火のごとき赤子の声が闇を染むあれはわたしだあの梅雨の夜の

鮫肌

鮫の貌《かほ》で尖るバゲット輪切りにしふるへつつ嚙む鰭のあたりを

鮫肌のクープのエッジくちびるに触るるときわれは深海にゐる

浦島のわれが脱け出す鮫の口とがりたる歯に噛みくだかれて

涙してわれに返ればギザギザの葉を噛みていつもの池を見てゐる

池の辺に香箱《かうばこ》座りする猫よ煙りたつのか蓋あけたれば

ああまさに雨が降りくるギザギザをもたぬわが身をこまかく刺して

わが魂《たま》はこの身離れて舞ひてをりみのもの暗き夕立を縫ひ

この雨の生《あ》れたる雲に入りて舞ひ幾たびも降るわが身をさして

V

既に全く廃滅に帰せんとしてゐる昔の名所の名残ほど自分の情緒に対して一致調和を示すものはない。

永井荷風『すみだ川』第五版序

昭和十一年二月廿四日。……余死する時葬式無用なり。死体は普通の自働車に載せ直《ちか》に火葬場に送り骨は拾ふに及ばず。墓石建立また無用なり。

永井荷風『断腸亭日乗』

壮吉われは

モダンと江戸まざりて母の匂ひする水兵服の壮吉われは

『抽齋』に倣ひて祖父を描かむと力むわれなり『下谷叢話』に

眉はこく鼻たかく流麗な江戸弁をあやつる尾張の祖父は毅堂《きだう》ぞ

鷲津毅堂の一番弟子なる久一郎すなはちわが父禾原《かげん》のことなり

プリンストン大学に学ぶ漢詩人父よ毅堂の娘を娶れ

茶の湯長唄舞踊もこなす十六歳恆《つね》は禾原に嫁ぎて笑ふ

紀尾井坂の変ありし年の暮れ母は受洗しにけり十七なりき

西洋風にみづから染まり産み落とす十八の恆は壯吉われを

役所より帰りて父はスモーキングジャケットに着替へわれを呼ぶなり

トーストを食べ半ズボンにて通学すわれは異人の子と呼ばれたり

ハイカラな暮らしを縫ひて母はなほ歌舞伎長唄好みてやまず

恆は琴われは得意の尺八ぞ合奏となる暖炉のまへで

十五歳の春は帝国大学の……病院に入る瘰癧《るいれき》を病み

結核性リンパ節炎進級もあきらめてわれの夢くづれゆく

傷心のわれのぬくもり看護婦のお蓮《れん》をいつか思慕してやまず

「荷風」とは蓮に吹く風　入院のわれにやさしき看護婦の風

死に目にもあへざりけるよ桜餅好む母逝く七十七で

弟と確執かかへ参列もかなはざりけり母の葬儀に

「泣きあかす夜は来にけり秋の雨」色町通ひも覚悟のうへで

「秋風の今年は母を奪ひけり」閉ぢゆく蓮ににじむこの風

ウハバミ喰はむ

あをみづはさみどりの茎あかみづは根もとがあかし紅きを選ぶ

あをみづはヤマトキホコリあかみづはウハバミサウなりウハバミ喰はむ

蟒蛇《うはばみ》のでる幽谷に生ふるゆゑウハバミと呼ばれ喰はれゆくなり

湯をかける根はさみどりに変はりたりにんにくしやうがくはへてたたく

あをき野に染まりてしまふと懼《おそ》れつつ包丁をみづにひるがへしたり

みづのたたきみづのたたきとくりかへし包丁の峰はどろどろにする

味噌と酒くはへてたたくあかみづの粘りくるこの力を信ず

摩り下ろすよりもシヤキシヤキする食感好むなりつひにわが秘密なり

あかみづのむかごなるあかきこぶ集め醤油に漬けて待つよろこびは

積み木の影

真面目過ぎる気性をやはらかくせむと肩に力をこめて歩みぬ

左上下の親知らず抜きしこの身かな左がいつもこむらがへりす

こはばりて積み木と見ゆるわが影が渋谷の人の群に崩さる

クロールがロボットのやうだといはれたりギシギシと夜の腕をまはしぬ

調子よく泳ぎをりしが足攣りてプールに立ちぬ片足のまま

羊水に沈みてまなこ見ひらきてわが足はやはり攣りてゐたるや

うつぶせでプールに浮きぬ息つづくしばらくをヒトやめてをりたり

味《まい》爽《さう》

味爽に開くパソコン「このメール受信されたら変身を」とあり

味噌汁のおかずでバゲットかじる朝慣れ親しみてやめられぬなり

台風を探さむとしていまひらく新聞の天気図は過去なり

うまれたての姿で伸びするきみを抱き鎖につなぐ　朝の散歩だ

白き肌に墨まき散らすいたづらを誇る笑顔できみと連れ立つ

ダルメシアン連れて歩みぬをさなごが「しましま模様」と指さすけさも

ことばには言ひあらはせぬ水玉の模様を連れて笑みつづけたり

しまうまにはあらねども白と黒の肌なめらかにしてわすれがたしも

曼珠沙華は雲つつまむと蕊の指ほそく曲げをり爪を掲げて

登龍門

わが授業へ若き魂らが集ふ登龍門とならむこと祈る

龍門河登りきれそして龍になれ　語りはじめむ「登龍門」を

夏皇帝禹《う》が切り拓く龍門山黄河の上《かみ》に急湍《きふたん》生《あ》れる

鯉の瀧登りともいふ瀧つねに天を指す龍の化身なるゆゑ

「進化するといふことですね。じたばたして鯉は龍へと進化するのね」

「コイキングの進化形の名を電子辞書で引いてみたけど載ってませんよ」

「それはアニメの『ポケモン』の話。まだ辞書に載るほど一般化してはゐません」

「ギャラドスが載ってないのはをかしいわ。ギャラドスは龍の顔してるんです」

「禹王廟《わうべう》は日本軍が破壊したやうです」急湍のごとく話を転ず

龍之介を舞ひあがらせた漱石の手紙また読み返したくなる

西王母《せいわうぼ》

魔除けなるはずがわが掌《て》にころがるは崑崙山の西王母の桃

三千年に一度なる桃を食ひつくし母の宴《うたげ》をぶちこはしたり

釈迦がきて神にするといふてのひらを抜けてみよといふやさしすぎるぞ

てのひらを飛び出してわれは神となる觔斗雲こよ銀の尾を曳き

てのひらは遥かに離《さか》りわがまへに柱が並ぶ地の果てならむ

墨痕もくきやかに「齊天大聖」は中指に　わがいばりの湯気と

じつのなき旅をしたるか青山のオフィスに目覚めてわれは母恋ふ

ももづたふやそのビルの間ひとつとて実のなき冬をあふぎ歩まむ

ロゼッタとフィラエ

「ロゼッタ」と「フィラエ」の響きエジプトの光陰が深くきざまれてをり

ロゼッタ石解読させせるオベリスク出土せしかのフィラエ島はや

ゲラシメンコの撮りし写真よチュリュモフは見知らぬ彗星の影を見出す

やうやくに息吹き返したり冬眠に沈みゐし探査機のロゼッタは

チュリュモフ・ゲラシメンコ彗星に近づきてロゼッタは写真撮り始めたり

ロゼッタは子を産むやうに投下せり三本脚の小さきフィラエを

着陸機フィラエは乾いた音立てて二度弾みつつ降りたちにけり

太陽光わづかに受けて犬小屋のごときフィラエが冬眠に入る

フィラエにはナイルの水の匂ひせむ砂漠にさらさら鼾かきつつ

聖母子の街

渋谷駅地下は蜘蛛手の labyrinthe《ラビラント》通勤路ふみはづせば迷ふ

地底より這ひ登りきてエスカレーターなき階段《きざはし》をうとむ朝あり

グ。リ。コ。と幼き声すうすぐらき階段に母子のじやんけんの影

わが階段にひとの通りの少なきをいかに知りたるや若き母と子

嬉々としてこの階段に響きたるチ。ヨ。コ。レ。イ。ト。の声を味はふ

キリストとマリアの遊び追ひ越してパ。イ。ナ。ツ。プ。ル。と地の上にでる

しなやかな死者が招いてゐるやうなビルの窓なるジムを見上げぬ

かうもりのいれずみが背に透けて見ゆと思へど黒きブラであるらし

ナモミ

眠ければ眠つてしまふ性《さが》なればけふもメトロにうなだれねむる

渋谷駅ホームの蕎麦屋にごちそうさまと声響きたりわが声である

立ち食ひの蕎麦屋より泣いて現はれるわれなり七味を山盛りかけて

ナマハゲが渋谷駅頭に並びたると喜べど東北のビラ配りをり

ひたすらに思ひさだめて包丁を握るナマハゲとてとても思へず

ナモミとは怠りのしるしナモミハギがナマハゲとなりナモミと呼ばる

「わりいわらすはゐねえがあ」と叫ぶナモミらを恐れずまことに悪きわれなり

平屋の長屋

わが街に古き平屋の長屋あり茶いろき床屋と居酒屋ならぶ

傾きしサインポールにカラオケのだみ声漏れてをりしこの道

居酒屋と床屋のにほひ身に沁みて歩むなり入りたることはなけれど

看板がはづされのつぺらばうの家死体のごとく白布が覆ふ

街見ればそこここに白布揺れてをりはぢらひなるやこの白き布

月の夜の帰路にことりと音もなくパワーショベルが首垂れてをり

三日してすでに更地となりにけり柵の向かうにわが屋根も見ゆ

われもいつ更地となるや土のにほひ背にして浅き春の駅へと

梅若丸幻想

いかにこれなる狂女。何とて船よりは下りぬぞ急いで上り候へ。
観世元雅『隅田川』

福神漬けのかはりなり皿の白飯の塚へ梅干しひとつ埋めたり

グレイビーボートは卓へ漕ぎ出さむカレーを銀の窪みに湛へ

ふくよかなる舟に付されてカレー漕ぐ櫂ありグレイビーレードルと呼ぶ

「グレイビー」を「クレイジー」と言ひあやまりて独りのカレーがかくも輝く

面白う狂うて見せずばこのカレー食べさせまいぞと舟がささやく

あらやさしや班女花子の物語聞きてレードル落とし候ふよ

銀の舟卓を進めば大念仏聞こゆ向かうの皿の塚より

舟こぞりて狭くともみな泣くごとき辛《から》さのカレー運び候へ

なうこれは見えつ隠れつ面影の人参は都鳥のくちばし

じやがいもは浮かぶか溶けてゐるべきか大事の渡りのカレーの舟に

子方出す元雅子方を消す世阿彌　舟はなみなみカレーたたへて

幽霊など出さなくてよしと龍之介は断ずるされど母を恋ふなり

この子方せちに美少年求めたる足利の遺風といふはまことか

七十を越えて長男元雅を失ひにけり世阿彌は佐渡へ

辛さゆゑ念仏をさへ申しえず唯ひれふして泣きてをりたり

なう舟人。垣間見えたる梅干しと南無阿弥陀仏を唱和なさむよ

しののめの空もほのぼのと明けゆけばしるしばかりの舟は残りぬ

あとがき

『落ち葉の墓』は私の第六歌集です。近年に詠んだ歌五百三十八首を精選しました。

ほとんどが歌誌「かりん」に発表した歌で、母が生きていた頃の作品を中心にまとめました。どこにも旅行もせず、映画や展覧会にも行かない、つましい生活の身辺を詠んだ歌群です。詞書や注はありません。その役割を歌自身が務め、歌と歌とが歌集中で微細に呼び交わすように編んであります。

文学に生きる人間として、私がいつも心に留めている荷風永井壯吉の言葉があります。明治四十三年の大逆事件に際してのものです。

わたしは文学者たる以上この思想問題について黙してゐてはならない。小説家ゾラはドレフユー事件について正義を叫んだ為め国外に亡命したではないか。然しわたしは世の文学者と共に何も言はなかつた。わたしは何となく良心の苦痛に堪へられぬやうな気がした。わたしは自ら文学者たる事について甚しき羞恥を感じた。以来わたしは自分の藝術の品位を江戸作者のなした程度まで引下げるに如くはないと思案した。その頃からわたしは煙草入をさげ浮世絵を集め三味線をひきはじめた。

（「花火」）

永井荷風の江戸趣味には、しかし、時代への絶望と、羞恥心と、江戸戯作者への親近の情ばかりがあるのではないでしょう。そこには母への深い思いが宿っているようです。

この『落ち葉の墓』を自分で読み返しますと、「私は母の為《た》めならば、如何《どん》な寒い日にも、竹屋の渡しを渡つて、江戸名物の桜餅を買つて来ませう」という荷風の言葉を引用したいがために編んだ歌集のようにも、思えます。

母が亡くなってから、毎日読経は欠かしたことがありませんが、いまだに挽歌を一首も詠むことができません。『落ち葉の墓』は、いつか母のために挽歌を詠みうるときを待つための歌集であろうかと思っております。

つねに人生のご助言をお与えくださる馬場あき子先生、岩田正先生に心より感謝申し上げます。
歌集『ダルメシアンの家』、『ダルメシアンの壺』でお世話になりました短歌研究社の堀山和子様、菊池洋美様、そしてスタッフの皆様に、引き続き御高配をいただきました。深く御礼申し上げます。

二〇一五年八月一日

日置俊次

（略歴）

1961年、岐阜県中津川市に生まれる。東京大学文学部国文学科卒。アテネフランセで英語・仏語の卒業DIPLOMA取得、さらに仏語最高免状BREVETを首席で取得。東大在学中、サンケイスカラシップ選抜試験を受け、仏国エクス・マルセイユ大学言語学科に留学。その後、仏国政府給費留学生の試験を受け、パリ第3大学大学院比較文学科で学ぶ。博士課程DEA取得。さらに日本学術振興会海外特別研究員の試験を受け、再びパリ大学大学院で研究に従事。東京大学大学院博士課程を経て、東京医科歯科大学教養部に助教授として勤務。現在、青山学院大学文学部日本文学科教授。馬場あき子に師事。朝日歌壇賞、現代歌人協会賞受賞。歌誌「かりん」編集委員。青山ブックセンター「短歌入門」講師。歌集に『ノートル・ダムの椅子』(2005)、『記憶の固執』(2007)、『愛の挨拶』(2009)、『ダルメシアンの家』(2012)、『ダルメシアンの壺』(2014)。共著書に『窪田空穂の歌』(2008) ほか多数。

検印
省略

かりん叢書第二九九篇

平成二十七年九月十日　印刷発行

歌集
落《お》ち葉《ば》の墓《はか》

定価　本体三〇〇〇円（税別）

著　者　日《ひ》置《おき》俊《しゅん》次《じ》
郵便番号一五〇―八三六六
東京都渋谷区渋谷四―四―二五
青山学院大学総研ビル一一〇三
日置研究室　気付

発行者　堀山和子

発行所　短歌研究社
郵便番号一一二―〇〇一三
東京都文京区音羽一―一七―一四　音羽YKビル
電話〇三（三九四四）四八二二・四八三三
振替〇〇一九〇―九―二四三七五番

印刷者　豊国印刷
製本者　牧製本

落丁本・乱丁本はお取替えいたします。本書のコピー、スキャン、デジタル化等の無断複製は著作権法上での例外を除き禁じられています。本書を代行業者等の第三者に依頼してスキャンやデジタル化することはたとえ個人や家庭内の利用でも著作権法違反です。

ISBN 978-4-86272-453-3　C0092　¥3000E
© Shunji Hioki 2015, Printed in Japan

短歌研究社　出版目録

＊価格は本体価格（税別）です。

文庫本	馬場あき子歌集	馬場あき子著		一七六頁	一二〇〇円	〒一〇〇円
文庫本	続馬場あき子歌集	馬場あき子著		一九二頁	一九〇五円	〒一〇〇円
歌集	飛種	馬場あき子著	A5判	二五六頁	三一〇七円	〒二〇〇円
歌集	いつも坂	岩田正著	四六判	一九二頁	二五〇〇円	〒二〇〇円
歌集	和韻	岩田正著	四六判	一八四頁	二五〇〇円	〒二〇〇円
歌集	オフィスの石	土屋千鶴子著	四六判	一六〇頁	二三八一円	〒二〇〇円
歌集	琉歌異装	名嘉真恵美子著	四六判	一九二頁	二五〇〇円	〒二〇〇円
歌集	あやはべる	米川千嘉子著	四六判	一九二頁	三〇〇〇円	〒二〇〇円
歌集	百年の祭祀	キム・英子・ヨンジャ著	四六判	一八四頁	二五〇〇円	〒二〇〇円
歌集	ダルメシアンの家	日置俊次著	四六判	二〇八頁	三〇〇〇円	〒二〇〇円
歌集	日想	佐々木実之著	四六判	三四四頁	三〇〇〇円	〒二〇〇円
歌集	サラートの声	伊波瞳著	四六判	二〇八頁	二五〇〇円	〒二〇〇円
歌集	宙に奏でる	長友くに著	四六判	一六八頁	二〇〇〇円	〒二〇〇円
歌集	スタバの雨	森川多佳子著	四六判	二三二頁	二七〇〇円	〒二〇〇円
歌集	湖より暮るる	酒井悦子著	四六判	一八四頁	二五〇〇円	〒二〇〇円
歌集	二百箇の柚子	池谷しげみ著	四六判	二二四頁	二七〇〇円	〒二〇〇円
歌集	サフランと釣鐘	浦河奈々著	四六判	一九二頁	二五〇〇円	〒二〇〇円
歌集	地蔵堂まで	野村詩賀子著	四六判	二一六頁	二五〇〇円	〒二〇〇円
歌集	ダルメシアンの壺	日置俊次著	四六判	一七六頁	三〇〇〇円	〒二〇〇円
歌集	鳳凰の花	佐野豊子著	四六判	一六〇頁	二五〇〇円	〒二〇〇円
歌集	光へ靡く	古志香著	四六判	二二四頁	二五〇〇円	〒二〇〇円
歌集	翼はあつた	四竈宇羅子著	四六判	一八四頁	二五〇〇円	〒二〇〇円